VENTE DU VENDREDI 28 JANVIER 1887

HOTEL DROUOT, SALLE N° **5**

TABLEAUX ANCIENS

ŒUVRES IMPORTANTES DE

JAN STEEN, WEENIX, BERCK-HEYDE

DÉPENDANT DE LA

Succession de feu M. TARRAL

ET

AUTRES BONS TABLEAUX

des diverses Écoles.

EXPOSITION : le Jeudi 27 Janvier 1887.

<table>
<tr><td>COMMISSAIRE - PRISEUR</td><td>EXPERT</td></tr>
<tr><td>Me F. ALBINET</td><td>M. B. LASQUIN</td></tr>
<tr><td>51, rue de Maubeuge, 51</td><td>12, rue Laffitte, 12</td></tr>
</table>

CATALOGUE

DE

TABLEAUX ANCIENS

ŒUVRES IMPORTANTES

PAR

Jan Steen, J. Weenix, Berck-Heyde

dépendant de la

Succession de feu M. TARRAL

et autres

BONS TABLEAUX

Par Asselyn, De Marne, Van Goyen, Guardi, Lingelbach,
Mierevelt, Van der Neer, J. Ruysdael, De Vries, etc., etc.

TABLEAUX DE L'ÉCOLE ANGLAISE

DONT LA VENTE AURA LIEU

En partie par suite de décès

HOTEL DROUOT, SALLE N° 5

Le Vendredi 28 janvier 1887

A TROIS HEURES

Mᵉ F. ALBINET	**M. B. LASQUIN**
COMMISSAIRE-PRISEUR	EXPERT
51, rue Maubeuge, 51	12, rue Laffitte, 12

Chez lesquels se distribue le présent Catalogue.

EXPOSITION PUBLIQUE

Le Jeudi 27 Janvier 1887, de 1 heure à 5 heures.

CONDITIONS DE LA VENTE

Elle sera faite au comptant.

Les adjudicataires payeront *cinq pour cent* en sus des enchères.

Paris. — Imprimerie de l'Art. E. Ménard et J. Auory
41, rue de la Victoire.

AVIS

Nous nous permettons d'appeler sur cette vente l'attention des collectionneurs de tableaux anciens.

La rareté des beaux tableaux se fait sentir de plus en plus, les musées, les collections publiques et privées, si nombreuses de nos jours, ayant à peu près absorbé les œuvres authentiques des maîtres.

Autrefois il eût été prétentieux de présenter un ensemble aussi restreint que celui-ci comme une bonne fortune pour les amateurs. Il n'en est plus de même aujourd'hui. La pénurie de ventes d'œuvres originales et bien conservées nous fait un devoir de signaler un bon tableau, fût-il seul, lorsqu'il en est digne, à notre avis.

Tel est le cas pour ceux de Jan Steen, de J. Weenix, de Berck-Heyde, de Velasquez, dépendant de la succession de M. Tarral.

A ces noms estimés, nous pouvons joindre celui

de J. Ruysdael, *représenté ici par un spécimen de petite dimension, mais d'une exécution supérieure. Ce tableau est inscrit sous le n° 32, parmi ceux de diverses provenances.*

Ces quelques tableaux peuvent être soumis à l'appréciation des amateurs les plus sévères dans leur choix.

Tenant à suivre l'honorable tradition qui nous a été transmise par nos prédécesseurs, nous nous sommes attaché à recueillir tous renseignements et documents de filière et d'origine relatifs à ces tableaux, tant pour faciliter les recherches que pour la satisfaction des curieux.

B. Lasquin.

DÉSIGNATION

TABLEAUX

Dépendant de la succession de M. TARRAL

STEEN

(JAN)

1 — *Les Effets de l'intempérance.*

Cette œuvre capitale du maître possède une généalogie qu'il nous suffira d'indiquer aux amateurs pour qu'ils soient fixés sur son mérite.

Le tableau a fait partie successivement des collections Danser Nyman, 1797; Smeth Van Alpen, 1810; Serreville, 1811; Solirène, 1812; duc d'Alberg, 1817; G. Watson Taylor, 1823, et William Beckford; il est passé de cette dernière collection dans celle de **M.** Tarral, de la succession duquel il dépend aujourd'hui.

Il est cité dans le Catalogue raisonné de Smith, tome IV, nᵒ 1, et nous le trouvons décrit par Charles Blanc dans l'*Histoire des Peintres*.

En parlant de J. Steen, le critique écrivain dit :

« Il est remarquable que lorsqu'il lui arrivait de représenter des gens ivres, il ne manquait pas de railler leur ivresse et il semblait ainsi conseiller la tempérance le verre à la main.

« J'en pourrai citer pour exemple le célèbre tableau qui se voit en Angleterre, dans la coltion William Beckford, et qui a pour titre : *les Effets de l'intempérance*. L'artiste s'y est peint lui-même avec son intéressante et jolie épouse, dans l'état d'assoupissement qui suit les trop fréquentes libations. Celle-ci, vêtue d'un casaquin rouge bordé d'hermine, sur un jupon de soie, est assise au centre de l'appartement, comme il sied à la maîtresse du logis. Pendant que les époux sommeillent, c'est à qui profitera de leur ivresse. Les enfants fouillent dans la poche de leur mère, et déjà un petit garçon en a retiré une pièce de monnaie qu'il montre, la main haute, d'un air triomphant ; un autre a médité de casser vaillamment un verre et il va le faire voler en éclats. Le domestique de la maison se hâte de mettre à profit un moment aussi favorable pour déclarer son ardeur à une jeune servante et la séduire en lui glissant dans la main de l'argent que sans doute il a volé aussi. Le chien se pré-cipite sur un pâté ; le chat brise un vase en por-celaine de Chine en voulant sauter sur une cage qui renferme des oiseaux ; le singe se divertit avec des parchemins et des livres ; par terre, sont jetés pêle-mêle des plats d'argent, des verres en pièces, un violon, une bible, une assiette de porcelaine, et comme si les éléments eux-mêmes devaient s'en mêler, le feu consume une oie qui est à la broche. »

Après une aussi complète description, il ne nous restera qu'à ajouter que le tableau est en bon état de conservation, qu'il est signé à droite et que l'artiste a cru devoir donner lui-même l'indication du sujet par une inscription qui se lit à la gauche du tableau.

Toile. Haut., 86 cent.; larg., 1 m. 6 cent.

STEEN

(JAN)

2 — *Loth et ses filles.*

Ce tableau est ainsi décrit, sous le n° 739 du catalogue de la collection du cardinal Fesch :

« Le patriarche s'offre à nous sous les traits grotesques d'un gros Hollandais à face rubiconde ; ses filles sont, de leur côté, deux grosses réjouies qui cherchent à communiquer quelque chose de leur bonne humeur au brave homme dont le cœur s'émeut aux tendres caresses de ses enfants.

« Le pinceau de Jean Steen sait se ployer à tous les genres ; il est large et facile comme celui d'un peintre d'histoire aussitôt que le sujet l'exige : ici, la preuve est complète. On trouve, en outre, dans ce tableau une puissance de coloris admirable, une force d'expression qui entraîne, et les figures y sont d'une telle animation qu'elle devient communicative et force le spectateur à prendre, malgré lui, part à la gaieté des personnages. »

Toile. Haut., 86 cent.; larg., 68 cent.

WEENIX

(JEAN)

3 — *Jeux d'enfants.*

Deux petites filles et un garçonnet s'amusent au bas d'un petit tertre adossé à un palais en ruines, entouré de grands arbres, et à l'ombre duquel un pâtre s'est endormi près de son troupeau.

Le jeune garçon, habillé de gris, est debout au centre du tableau et veut dresser un jeune bouc blanc qui se cabre sous les coups de houssine de son jeune maître.

Plus à droite, l'aînée des petites filles, en jupe bleue et manteau jaune, compose un bouquet de fleurs recueillies dans une nappe, tandis que la plus jeune, en robe grise et casaque rouge, les cheveux ornés d'une plume blanche, est assise par terre et donne la becquée à un oisillon.

Devant cette dernière, un petit chien est assis près de deux cages dont l'une supporte une chouette en liberté.

A gauche, au premier plan, quelques plantes; dans l'éloignement, on aperçoit l'entrée d'un port occupé par un navire et des barques à voile et borné par une montagne.

L'attitude des figures et le soin apporté dans leur exécution indiquent certainement que l'artiste a reproduit dans une harmonieuse composition les portraits des enfants d'une famille de distinction.

Ce tableau, signé à droite sous la corniche d'un soubassement : *J. Weenix, 1669*, provient de la collection du cardinal Fesch, n° 271 du catalogue abrégé de la vente du 24 mars 1844.

Toile. Haut., 61 cent.; larg., 89 cent.

BERCK-HEYDE

(GÉRARD)

4 — *Vue de la grande place du Dam, à Amsterdam.*

Ce tableau est ainsi décrit dans le catalogue de la collection du cardinal Fesch, n° 13 :

« Le spectateur remarque d'abord, à sa gauche, la façade du magnifique hôtel de ville et, à sa droite, la maison du poids public où des négociants font peser leurs marchandises ; en face, la place est fermée par une église et une rangée de maisons. Une multitude de petites figures, peintes avec goût, sont distribuées avec intelligence, de manière à faire valoir la perspective.

« Tous ceux qui connaissent Amsterdam se croiront sur la grande place de cette ville, en voyant ce tableau qui en offre la plus fidèle image. C'est un des ouvrages les plus finis du maître ; il sort du cabinet Van Helsleuter, d'Amsterdam. »

Nous retrouvons également dans le catalogue de la vente du cabinet Van Helsleuter, faite en 1802, cette appréciation de MM. Paillet et Delaroche, experts :

« Ce tableau, curieux par la justesse de ses détails, et dans une parfaite harmonie de clair-obscur, offre un des ouvrages de choix de cet habile peintre. »

Tableau d'une belle conservation, signé à droite : *Berck Heyde.*

Toile. Haut., 44 cent.; larg., 59 cent.

VELASQUEZ

5 — *Portrait de l'Infante Marie-Thérèse.*

En buste de trois quarts, tournée vers la gauche, corsage blanc avec collerette.

Sur la poitrine, un pendentif, et, sur l'épaule gauche, les insignes d un ordre.

Toile. Haut., 75 cent.; larg., 62 cent.

POUSSIN

(École du)

6 — *Paysage.*

Trois bergers, dont le plus âgé est assis, gardent un troupeau de chèvres sur un terrain semé de roches et entremêlé de plantes et de buissons; ce terrain longe un fleuve s'étendant au loin vers l'horizon, que termine une chaîne de hautes montagnes.

Collection du cardinal Fesch, nº 404.

Toile. Haut., 75 cent.; larg., 1 m. 25 cent.

ÉCOLE ESPAGNOLE

7 — *Portrait d'une dame noble.*

Représentée en pied devant une draperie
rouge, vêtue d'une robe de soie noire et tenant
un bouquet de fleurs de la main droite.

Toile. Haut., 72 cent.; larg., 59 cent.

ÉCOLE ITALIENNE

8 — *Vénus et Cupidon.*

Toile. Haut., 98 cent.; larg., 1 m. 25 cent.

ÉCOLE ANGLAISE

9 — *Le Départ pour la promenade ; Venise.*

> Bois Haut., 25 cent.; larg., 35 cent.

10 — *Le Pont du Rialto.*

> Bois. Haut., 22 cent.; larg., 19 cent.

11 — *Palais sur le Grand Canal.*

> Bois. Haut., 24 cent.; larg., 19 cent.

12 — *Une Église à Venise.*

> Bois. Haut., 25 cent.; larg., 19 cent.

13 — *La Piazzetta.*

> Bois. Haut., 25 cent.; larg., 20 cent.

14 — *Vue de l'église Saint-Pierre, à Caen.*

> Bois. Haut., 17 cent.; larg., 12 cent.

ÉCOLE ANGLAISE

15 — *Deux moines en prière dans un cloître gothique.*

Bois. Haut., 18 cent.; larg., 14 cent.

16 — *Porte d'une église en Normandie.*

Bois. Haut., 17 cent.; larg., 12 cent.

17 — *Bateaux de pêche; marée basse.*

Toile. Haut., 24 cent.; larg., 31 cent.

18 — *Navire échoué près des falaises.*

Bois. Haut., 15 cent.; larg., 21 cent.

BRAUWER

(Genre de)

19 — *Joueur de guitare.*

Bois. Haut., 13 cent.; larg., 16 cent.

Tableaux de diverses provenances

ASSELYN

(JEAN)

20 — *La Prise d'une ville fortifiée.*

> Une citadelle est assiégée. Déjà des fantassins pénètrent dans la place, suivis par une troupe de cavaliers.
>
> A droite, sur une éminence, le commandant des assiégeants donne des ordres et envoie de nouveaux renforts.
>
> A gauche, on aperçoit une immense plaine.
>
> Toile. Haut., 65 cent.; larg., 91 cent.

DE MARNE

(LOUIS)

21 — *La Balançoire.*

> Des bergers se récréent au jeu de la balançoire. Une jeune fille vient de se laisser choir

sur le gazon, sa jupe restant accrochée au bout relevé de la planche : situation scabreuse qui provoque les éclats de rire de son vis-à-vis, jouvenceau indiscret à califourchon sur l'autre extrémité de la bascule, et auquel une bergère bien intentionnée veut boucher la vue avec la main.

Près d'eux, un taureau, une chèvre et son chevreau qui tette. Plus loin, des vaches couchées.

Délicieux petit tableau plein d'esprit et d'une touche légère.

Signé à gauche : De Marne, 1815.

Bois. Haut., 23 cent.; larg., 30 cent.

GOYEN

(JAN VAN)

22 — *Les Chaumières.*

Un groupe de chaumières est élevé sur un monticule; quatre villageois causent entre eux devant la porte de l'une d'elles.

Bois. Haut., 47 cent.; larg., 28 cent.

GUARDI

(Attribué à)

23 — *Le Grand Canal, à Venise.*

La vue est prise de la place de la Salute, dont le dôme se voit à droite; des promeneurs circulent sur le quai ; à gauche, le Grand Canal, animé de nombreuses gondoles, s'étend en perspective du côté du palais des Doges.

Tableau d'une bonne conservation.

Toile. Haut., 53 cent.; larg., 73 cent.

LANCRET

(Attribué à)

24 — *Réunion galante dans un parc.*

Trois jeunes femmes sont assises près d'une fontaine ornée d'une statue, à l'ombre d'un bouquet d'arbres, en compagnie de deux jeunes galants; l'une d'elles chante en s'accompagnant d'une guitare ; à droite, deux fillettes, dont une est assise par terre.

Cadre en bois sculpté.

Toile. Haut., 65 cent.; larg., 80 cent.

LÉPICIÉ

(Attribué à)

25 — *Les Petits Savoyards.*

Toile.

LINGELBACH

26 — *Le Repas du meunier.*

Près d'un moulin à eau couvert de chaume,
un meunier et sa femme, séparés par un banc
rustique leur servant de table et supportant
une cruche, prennent leur frugal repas ; l'homme
assis sur le bât de son âne, dont la tête paraît
derrière lui, coupe une miche de pain, tandis
que sa femme. présente un verre à un jeune
pâtre couché à terre devant eux ; un chien con-
voite sa part et attend assis près du groupe.

Bon tableau de l'artiste, signé au bas, à droite.
Collection Du Bus de Gisignies.

Toile. Haut., 46 cent.; larg., 39 cent.

MIEREVELT

(JEAN)

27 — *Portrait d'homme.*

En buste, la tête de trois quarts tournée à droite, le front chauve, barbe et moustaches blanches, vêtement noir, collerette tuyautée.

Dans le fond, on lit : *Aetatis suæ 53 anno 1626.*

Collection Tencé, de Lille.

Bois. Haut., 5o cent.; larg., 40 cent.

NEER

(AART VAN DER)

28 — *Paysage éclairé par la lune.*

Le paysage s'étend à la droite d'un bois traversé par un chemin où se voient deux villageois. La lumière tamisée par de légers nuages se reflète dans une rivière bordée de maisons et de moulins.

Au bord de l'eau paissent plusieurs bestiaux.

Toile. Haut., 40 cent.; larg., 52 cent.

ORMÉA

(WILLEM)

29 — *Marché aux poissons sur une plage.*

Au premier plan, un groupe de cinq pêcheurs, dont un est assis sur un petit tertre, débattent le prix des poissons qui se voient épars sur le sol; plus loin, d'autres pêcheurs au bord de la mer, qui s'étend à l'horizon. A gauche, sur les dunes, un village dominé par le clocher de son église.

Tableau bien original signé des initiales de l'artiste, dont les œuvres se voient rarement.

Bois. Haut., 18 cent.; larg., 23 cent.

OSTADE

(Attribué à ISAAC)

3o — *Intérieur de cabaret.*

Quatre villageois sont autour d'une table dans un intérieur rustique; deux jouent aux cartes, un troisième est debout tenant un cruchon de bière, pendant que le dernier, accroupi à gauche, vide une terrine. A droite, une femme en corsage rouge est assise devant l'âtre.

Bois. Haut., 48 cent.; larg., 61 cent.

ROSSELLI

(CAME)

3i — *Sainte Famille.*

La Vierge assise, vêtue d'une robe rouge et d'un manteau vert, tient l'Enfant Jésus debout sur ses genoux; à droite, saint Joseph; à gauche, un ange tenant une coupe de parfums.
Composition remplie de sentiment.
Bois, forme cintrée du haut.

Haut., 74 cent.; larg., 45 cent.

RUYSDAEL

(JACQUES)

32 — *L'Hiver*.

Trois pauvres cabanes, enserrées dans un enclos de palissades délabrées et de saules rabougris, émergent tristement au milieu d'une plaine morne, toute couverte de givre. Leurs toitures, blanches de neige, dominées par un vieux pignon démantelé, s'enlèvent en clarté blafarde sur les teintes grises des nuages qui obscurcissent le ciel.

Quelques maigres roseaux courbés sur une mare glacée, un tronc d'arbre gisant au bord, accentuent encore le sentiment de mélancolie empreint sur le paysage.

Signé à droite en toutes lettres.

Collection du baron de B...

Toile. Haut., 28 cent.; larg., 34 cent.

SAFT-LEVEN

(CORNILLE)

33 — *Le Chat du saltimbanque.*

Affublé de ses oripeaux de matou dramatique, un bonnet rouge à crête noire et à plume blanche, une collerette ronde à petits plis, il est venu chercher le calme dans la solitude d'un rustique cellier. Il se tient immobile à côté d'un broc d'étain, renversé, au milieu d'un banc de bois adossé contre des planches appuyées sur un tonneau. Par terre se voient des cartes éparses et une savate depuis longtemps hors d'usage.

Petit tableau d'une touche fine et précieuse.

Bois. Haut., 17 cent.; larg., 22 cent.

SNYDERS

(Attribué à)

34 — *Chasse au sanglier.*

Toile.

TRAUTMANN

35 — *L'Incendie d'un village.*

Une foule de paysans accourent, portant des échelles et des seaux, pour combattre l'incendie qui a déjà dévoré une habitation sur la gauche.

Tableau finement peint, signé du monogramme, à droite.

Toile.

VRIES

(RENIER DE)

36 — *Paysage boisé.*

Une femme et un enfant sont assis sur le bord d'un chemin, dans une forêt ; plus loin, à gauche, un chasseur suivi de son chien.

Bon tableau signé de R. de Vries, contemporain et imitateur de J. Ruysdael.

Bois. Haut., 32 cent.; larg., 24 cent.

ÉCOLE FRANÇAISE

(XVIIIe siècle)

37 — *Les Quatre Éléments.*

L'artiste a réuni dans une composition fami-
lière charmante les allégories des Éléments :
une jeune femme en costume Louis XV, assise
et tenant un flambeau qu'elle allume par le
moyen d'une lentille avec les rayons du soleil,
figure le Feu ; devant elle, une petite fille tenant
un petit moulinet de papier personnifie l'Air ;
à droite, une jeune fille arrosant un vase de
fleurs désigne l'Eau, tandis qu'à gauche, un
jardinier, la main appuyée sur un tertre, montre
la Terre.

Toile. Haut., 57 cent.; larg., 84 cent.

ÉCOLE ITALIENNE

38 — *La Vierge adorant l'Enfant Jésus.*

Toile. Haut., 81 cent.; larg., 45 cent.

RED. :

16

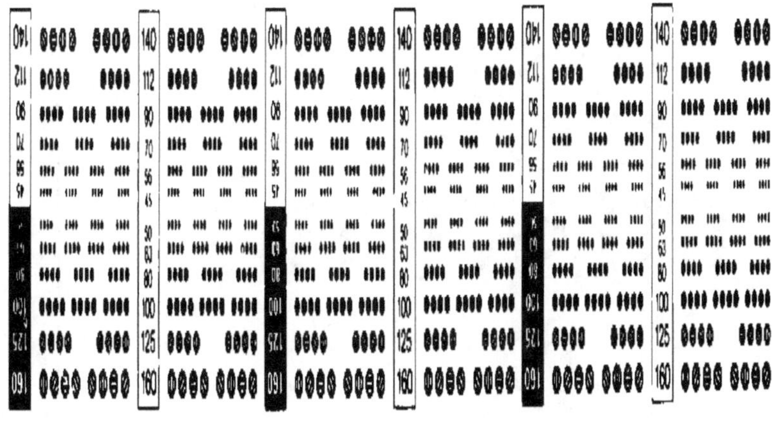
MIRE ISO N° 1
NF Z 43-007
AFNOR
Cedex 7 - 92080 PARIS-LA-DÉFENSE
graphicom

0 1 2 3 4 5 6 7 8 9 10

BIBLIOTHEQUE NATIONALE DE FRANCE

****

CHATEAU DE SABLE

1996